KB168604

산수화

황금알 시인선 187

산수화

초판발행일 | 2018년 11월 30일

지은이 | 전용직
펴낸곳 | 도서출판 황금알
펴낸이 | 金永馥
선정위원 | 김영승 · 마종기 · 유안진 · 이수익
주간 | 김영탁
편집실장 | 조경숙
표지디자인 | 칼라박스
주소 | 03088 서울시 종로구 이화장2길 29-3, 104호(동숭동)
전화 | 02)2275-9171
팩스 | 02)2275-9172
이메일 | tibet21@hanmail.net
홈페이지 | http://goldegg21.com
출판등록 | 2003년 03월 26일(제300-2003-230호)

ⓒ2018 전용직 & Gold Egg Publishing Company Printed in Korea

ISBN 979-11-89205-24-9-03810

*이 책은 전북문화관광재단의 예술창작지원금 일부를 지원받았습니다.
*이 도서의 국립중앙도서관 출판예정도서목록(CIP)은 서지정보유통지원시스템
  홈페이지(http://seoji.nl.go.kr)와 국가자료종합목록시스템(http://www.nl.
  go.kr/kolisnet)에서 이용하실 수 있습니다. (CIP제어번호 : CIP2018036194)

산수화

전용직 시집

황금알

강가에서

종이배를 띄운다.

강을 건너

바다에 닿아

그대 가슴에 출렁이는

희망의 메시지가 되길 바란다.

전용직

차 례

2부

3부

4부

1부

수레

지리산 등정 길
등에 달라붙은 배낭
오르막길 숨 차오를 때
떨쳐버리고 싶었네

그때 무겁던 배낭
산비탈 벼랑길에서
엉덩방아 찧을 때
나를 받아주는 강보였네

애면글면 끌어온 수레
비틀거리는 나를 잡아주는
고마운 동반자

산 넘고 강을 건너
마을로 접어든 좁은 길섶
허리 굽어진 나를
그대가 끌고 가네

간월암

바다에 비친 달 보고
무학대사가 득도했다는 간월암
바다에 떠 있는 연꽃

바다가 들려주는
독경 소리 무량한데
용맹정진했는지
팽나무 한 그루
곡선미 절창이네

동안거 끝낸 팽나무
천수만* 떠가는 달 쳐다보는데
중생들 달은 안 보고 손가락만 본다네

* 충남 서해안 중부 태안반도 남단에 있는 만灣.

13

돌부처

사람과 사람 사이에서
말이 싫어 괴로울 때 그 사람들
발에 부딪히는 돌덩이처럼 보였다

거리에서 만났던 사람들
직장에서 만났던 사람들
가슴 아픈 사연으로 등을 돌린

서로에게 상처를 주고받아
바다의 몽돌로 굴러다니는
마음 빗장을 닫은 사람들

수많은 연마와 단련의 상처로
돌덩이가 돌부처가 되는 것처럼
사람도 그렇게 될 수는 없을까

하루를 보내고 돌아오는 귀갓길
마음에 떠오르는 그 사람들
나를 단련시켜 준 부처로 보여
두 손 모아 절하고 싶다

손짓

소한 지나 대한 가는 길목
대지는 종일 흰 융단으로 나풀거린다
칼바람 종횡무진 떠돌고 있다

아파트 베란다 모서리
난蘭 화분 그윽한 향으로 손짓한다
추위를 견디는 기다림
꽃잎에 눈물 맺혔다
가냘프게 흐른 그 눈물
안타깝고 사랑스러워
두 손으로 받들어 거실에 모셨다
화무십일홍
꽃향 떨어질까 조심조심

한 굽이 삶을 견디는 날갯짓
그대와 나를 이어주는 향기
순백의 꽃 그 삶의 순간을 사랑한다

목동

소를 몰아 강둑으로 간다
강둑에 파랗게 돋은 녹색융단
소가 나풀나풀 풀을 먹는다

소는 한나절 어스렁거리며 배를 불린다
강둑 비스듬히 서 있는 소 등에 올라
소 타는 즐거움 즐기는데
서녘 노을 붉어온다

목동이 소를 몰아갔지만
귀갓길 소가 목동을 끌어
고개 흔들면서 입가 풀꽃 향기 날리며
고샅길 돌아 흔들흔들 집으로 온다

덕진 연꽃

칠월 중순 염천 더위 속
향기 나는 연꽃들

제 몸 태워
공양을 하네

아수라장 이승에서
한 몸 죽어가서
세상의 꽃이 되고 빛이 되는
사람을 보아

동행

나는 하얀 고깔 쓰고
한 손에 합죽선 들고
외줄 타는 광대
줄은 내가 가는 삶의 여정이지
줄 타고 춤출 수 있도록
힘을 몰아주는 어릿광대
그대가 있어 줄을 탈 수 있는 거야
타다가 힘들고 지쳐
주저앉을 때
탄력을 받아
다시 나를 일으켜 세우는
긴 줄도 오랜 친구지
난 지금 어디까지 왔지
어릿광대와 악사들의 손놀림
관객들 긴장과 환호
졸망졸망 웃음꽃 절창인데

산수화

산속
물소리 종알거리고

난쟁이 소나무 친친 감아
똬리 틀었네

절벽 기댄 띠집
허기에 휘청거리고

까마귀 바람길
늘어진 계곡

백발노인 꼴망태
혼자서 가네

봄까치꽃

찬바람 몰려있는

후미진 산비탈

새 새끼들 모여

젖은 날개 털며

종종거리는 한낮

꽃샘바람에 날려 온

편지 한 장

부활절

아파트 베란다 화단
군자란 추위에도
붉은 입술로 사랑 노래하더니
새끼까지 쳐 젖을 먹이고 있네
젖을 떼려다
가지가 툭 부러지고 말았네

사산死産이 되어 마음 아팠는데
아내가 주워 삽목 수술했네
봄기운 젖을 빠는 가엾은 아가
죽음의 나락 건너서 왔네
볼 때마다 빤히 쳐다보는 게
너무 미안하고 안쓰러웠네
봄은 생명의 빛으로 오는 걸까
죽은 땅에서 돋는 연록의 빛

온 산 진달래꽃 축제 속에서 나는
부활절 속죄 기도드렸네

살아 숨 쉬는 큰 산
— 석정 선생님

고교 국어시간 시를 가르친 석정선생님

큰 키 우뚝 솟은 코
매력적인 저음의 쉰 목소리
학 같은 고고한 풍채

일제 강점기 창씨개명을 거부하던
애국 선비의 곧은 대바람 소리가 교실에서 울렸다

문예부에서 문학의 꿈 키워주고
친필 붓글씨, 서울 시화전
많은 작품이 팔렸다
제자들 장학금으로 그 돈을 기탁하여
어려운 제자들을 도왔다
마음속 어린 양을 길렀다

나무와 화초花草를 사랑하며
유토피아를 꿈꾸는 지성으로
산이 좋아 산에 올라 먼바다를 보며

바닷속 출렁이는 별들의 속삭임을 들려주었다

그때는 몰랐다
살아 숨 쉬는 큰 산을
교실에서 뵐 수 있음이 얼마나 큰 행운이었던가를……

사랑이 머물던 자리

— 윤동주 시비에서

붉은 벽돌의 도시샤대학 건물 앞
육필로 새겨진 서시序詩 한 편에
젊은 시인의 고뇌가 담겨있다

왜 이 비를 찾아왔나

일제 강점기 날개 잃은 새 한 마리
창씨개명을 아파하며 참회록 썼고
후쿠오카 형무소에서 숨이 멎었다

집에 갇혀 날지 못하는 작은 새
그 여린 육신은 용정에 묻혔다
영혼은 초록별 되어
아직도 조국 하늘을 떠돈다

별로 떠 있는
윤동주 시인을 찾아 하늘을 날다가
별똥별로 떨어지는
흰 꿈이라도 꿀 수는 없을까

노랑 민들레

몸 낮추어
바닥을 핥았습니다

하늘 바라보며
노랑 마음 품었습니다

꽃씨 날아간 자리
텅 빈 가슴입니다

자식 떠나보낸
대머리가 꽃대궁입니다

바람에 귀를 묻고
노을 언저리에 서서
그대 기다립니다

백록담

백두천지를 바라보며
한반도 남쪽을 지키는 한라의 백록담

산세가 순하여
동식물 먹여 살리는
어머니 산이라 한다

들꽃으로 엮은 모성의 비단 자락
사슴과 고라니 유희를 한다

산 정상에는
솥 모양의 웅덩이
물 고여 있는 이곳은
생명의 자궁

산에 오르자
한라산 꼭대기
안개와 비바람을 불러
부끄러움을 가렸는데

신비의 기운이 돌았다

한라산 물을 먹고 사는 흰 사슴白鹿도
순간 깊은 명상에 잠겼는데

어디선가 까마귀 떼로 몰려와
까악 까아악 큰 소리로 울어
산의 정적을 깨우고 있다

맥낚시

노인은 낚시 배에 앉아
물 흐름 주시하고 있지
긴 낚싯대 찌도 없이
대와 줄만 있는 맥낚시로
태평하게 앉아있는 거야

물맥이 떨리는 감촉으로
물고기 낚이는 걸 느끼는데
낚싯대에 손도 안 대고
다만 그곳 수초들 움직임으로
물고기 움직임 어림잡을 뿐이지

노인은 먼 수평선 바라보며
소금기 절인 짭짤한 바람 온몸으로
맞으며 바윗돌 되어
유유히 세월만 팔고 있는 거야

무엇을 기다리고 있을까, 노인은

초롱꽃

풀꽃마을로 시집온 아낙
불혹의 나이여서
하늘 뜻 알만도 한데

가방끈 길다더니
흙 한번 묻히지 않은 백수
김 서방 만나 자식만 늘었다

가난은 잡초처럼 번지는데
살아온 길 뭉게구름처럼 아득하여라

어린 자식들 놓칠세라
이고지고 허리 휜 어머니
배 깔고 모로 누웠는데

새끼들 바글바글 젖 물고 있네
늘어진 젖줄 불 밝혀
초롱초롱 초롱꽃 피웠네

생명

가파른 언덕길
농장 가장자리 참나무 밑
깃털로 수놓은 둥지
작은 바구니 같다

비릿한 냄새 풍기는
점들이 박힌 사리 열 개쯤 될까
해진 누더기 걸치고
사랑 품은 선승의 눈동자
별처럼 초롱초롱하다

긴 어둠의 터널 빠져나가기 위해
줄탁동시啐啄同時 절묘한 조화로
빛의 세상에 나온 칠면조 새끼들
뒤뚱거리며 언덕을 힘겹게 줄줄이 넘는데
어미 발걸음도 종종거리며 따라서 가네

이승과 저승 거리는 얼마나 될까
어둠 풀어지는 여명의 시간

아직 깊은 어둠 속에서
깨어나지 못하는 새알 하나
다 떠난 둥지에 홀로 남았다

사슴벌레

창문 쪽 철수가 놓은 곤충 집
애벌레 톱밥 속에 살고 있다
언제쯤 사슴벌레 될까

아버지와 둘이 살고 있는 철수
술에 젖어 아빠는 가끔 눈물 보였지만
수줍게 보조개가 돋았다

언젠가 재판 불려갔을 때
돈 털러 갔다가 할머니 목을 졸랐다는 말에
모두 소름이 돋았으나
판사님 크게 선처하여 주었다

안보일 때 가끔 찾을 길이 없었지만
우체국 옥상에서 잤다며
계면쩍게 엷은 웃음을 지었다
철수는 잠에서 무슨 꿈 꾸었을까

톱밥 속 번데기 서서히 깨어나

비상을 위해 몸 좌우로 흔들며
젖었던 날개 털어내고 있다

친구

타향에서 친구 만나는 것은
기쁘고 설레는 일
이국에서 만남이랴
고향 떠나 LA에서 이십여 년
꿀벌처럼 열심히 살아가면서
가정 웃음밭 일궜다

추억 더듬으며 건넨
전화 한 통에
3시간 날아서 친구가 왔다
마음과 마음이 끌려 찾아온 친구와
술잔 주고받으며 이야기꽃 피우는데
옛 생각에 눈시울 젖는다

고향은 어디일까
마음이 고향이고
만남이 또 다른 고향일진데
그리움은 이곳저곳 떠도는 구름처럼
빈 공간 떠돌아다닌다

밤 깊어 별들이 하나둘
밝게 우정의 빛을 밝힌다

2부

숲 속 작은 도서관

건지산 걷다 보면
숲 속 작은 도서관
동화 속 그림 같다

갓 쓰고 부채 든 선비
말 타고 시골길 들었을 때
늘어진 버드나무가지에 앉아
서글피 우는 소쩍새 울음소리에
가던 말 멈춰 고개 돌려
깊은 향수에 빠져들었다

산길을 걷다가
숲 속 작은 도서관에 들러
문자향 깊은 맛에 젖어
예쁜 도서관 마음에 모셨다

새가 울고 곤충 소리 들려
적막한 숲 속 작은 도서관
동심의 세계로 가는 좁은 길
영혼의 오아시스는 아닐까

입춘

우린 낯선 곳에서 다시 만났지
한남동 언덕배기 대사관 옆
외국인들 어슬렁어슬렁 걸어 다니는데
카페에서 식사하고 담소 나눴지

어설픈 고갯마루
칼바람이 입춘의 따귀를 내려쳤지만
냉기 녹여 웃음꽃 피웠던 우리의 만남

길 위 얼음을 딛으며
흰 눈을 머리에 뒤집어썼지
온몸 추위를 녹이는
심장 소리

얼음 속 긴 터널로
손을 잡고
빙판길 웃으면서 걷던 우리처럼
미끄러지면서 봄은
벅찬 가슴으로 달려올 거야

풍장

천왕봉 통천문 앞
하늘문 오르기 전

구상나무 고사목 군락
바람과 햇볕에 육탈

장좌불와長坐不臥 앙상한 선골仙骨
하늘 꽃으로 피었다

큰바람 일어나니

한옥마을 동쪽 발산 자락
누각 하나 깊은 추억에 젖으며
한옥마을 무심히 바라보네

이성계 장군 전술 너무 신묘해
달을 끌어 왜군을 물리치는 기개
지금도 피바위 벌겋게 남아있는가

황산대첩 대승을 거두고
날아갈 듯 말을 몰아
전주 이씨 본향에 들러
오목대 누각 언저리 큰잔치 열었네
대풍가 부르니 군중들 환호하여
새 시대 서막 둥둥둥 북소리 울렸네

조선 개국의 영웅 머물고 간 자리
발산 자락 오르내리며
덩그러니 홀로 추억에 젖어
누각처럼 오래된 풍운의
역사 되새겨보네

장터목

경상도와 전라도 사람들
한자리에 만나
물물교환하던 장터목

끌고 온 피곤을 풀며
천왕봉 바라보는 마지막 캠프
산장에서 밤하늘을 맞는다

허물 벗고
흰 뼈만 남은 고사목처럼
우리도 그렇게 거짓을 벗어버리고
자연의 향연에 마음을 푼다

나직이 들리는 날짐승 울음소리
누구를 찾고 있는 것일까

음식과 술잔을 마음으로 나누며
장터목에서 하루 신선이 되어갈 때

산장에 별이 쏟아지고
우리의 밤은 깊어간다

붓꽃

사랑을 고백해왔지만

아직 사랑을 받아줄 수 없어요, 그대

서로가 서로를 길들여야지요

해와 달이 뜨고 지고

기다림 지칠 때

하늘에 무지개가 걸릴 거예요

그때 영롱한 나의 마음 담아

보랏빛 담뿍 찍어

그대 가슴에 편지 쓰겠어요

한벽청연*

승암산 기슭 깎아 세운 누각
바위에 앉아 남천을 보네

슬치에서 발원한 물길
한벽당 옆구리 부딪쳐
물보라 일어 안개 한 자락
허리를 감아 은하세계 이루지

오목대 누각에 앉아
한복차림 갓 쓴 두 사람
주안상 차려놓고 풍류를 엮는데
시詩 꾸리 끊어지면 벌주 또 한 잔
시간 멈춘 누각 언저리
무심한 갈대 손 흔드네

하루도 마를 날 없는 물줄기
도도한 풍류의 젖줄인 것을

* 전주 팔경 중 하나로 한벽루에서 보는 실안개 드리운 남대천 경치

풍란 부케

풍란이 화산석 붙잡고 꽃망울 맺었다

"쉿, 조용 이제 물을 주면 안 돼"
암벽등반 고통이 이러했을까
뼛속 진액을 빨아올리고 있네

새가 둥지에 알을 품어 부화할 때
식음 전폐한 오체투지
애틋한 목마름이 꽃을 피운다

송이송이 그렁그렁 눈물방울
절벽에 희게 피어난 부케
진한 향 풍기며 기다리고 있네

언제나 만날 수 있을까
먼 곳에서 아득히 오시는 이여

문자향 서권기

한 사나이 기생집 들러
치마폭에 그림 그리고
술 취해 갈지자 생을 엮어간다

광기를 지닌 천재적인 그림쟁이 장승업
연꽃 우산 받는 해오라기 한 마리
그림에 화제를 쓰지 못해 제자들이 써주었더니
그림에 향기가 없다고 사람들 손가락질했다지

훗날 개오開悟하여 당시 삼백 편 외우고 썼다지
시서화 삼절로 우뚝 선 장승업
조선의 사대四大 화가였다지

한마디로 '생각에 삿됨이 없다'*는데
얼마나 쓰고 읽고 그려야 향기가 날까

* 생각에 삿됨이 없다는 말은 공자가 시 300편을 산정刪定한 후 한 말이다.

히야신스

입춘 지날 무렵
흑갈색 구근에서
남보라색 꽃대가 올라왔다

경이로워라

지난해 피었다 진
화단 구석에 밀쳐놨던 분盆
스스로 배를 움켜쥐어
찬란한 환희를 낳았다

어머니가 홀로 걸었던 길
외로운 그 길처럼
어둠 속을 걸어서만 빛이 온다

한옥마을 일별

한옥 동네 어귀
판소리 한마당 피어오르니
제힘에 지쳐 파르르 떨고 있네

연분홍 한복으로 치장한 거리
전통과 현대가 비빔으로 어울려
밀물처럼 사람들 몰려오는데

명륜당 모퉁이 할아버지 한 분
곰방대 물고 턱수염 어루만지며
불면의 긴 밤 건너고 있네

유수체
— 이삼만 글씨

가난이 스승이다
무명베에 글씨 쓰고 검어지면
물에 씻어 거듭 썼다
병중病中에도 하루 천자 썼으니
붓이 그 몸 한시도 떠나지 않았으리라
벼루와 붓 씻은 물이 호수를 검게 물들였으니
물고기도 수묵색 옷을 입었으리라

물 흐름 보고 득도했다는 필획
붓毫이 무명베를 코끼리 발걸음으로
뭉그러지는 마찰음
폭포수 함성의 무거운 획은 아니었을까
일그러진 붓 세워 이어가는 행필行筆
피라미 흰 배 뒤집으며 물살 가를 때
실같이 이어지는 연한 획은 아니었을까

물이 낮은 곳으로 흐르기 위해
아득한 절벽 끝에서 뛰어내려
흰 물거품으로 산산이 조각날 때

천둥 치듯 전율하는 큰 깨달음 사자후

흩어진 물방울 다시 손잡고
하나 되어 용틀임으로 꿈틀거리며
낯선 골짜기 찾아 쉼 없이 달려
협곡 떠나 망망대해
안고 휘어가는 천의무봉 붓 길

우리 식구

현관문 열 때
꼬리 흔들며 반갑게 맞는 은혜*
4년 전 장난꾸러기로 만났다
때때로 귀찮기도 하지만
많은 웃음을 주기도 한다

해와 달이 바뀌는 물레방아 속
그렁그렁 정이 깊어간다
객지에 있는 애들도 은혜 안부를 물어
가족들 관심 대상이 되었다
산책을 좋아해 산등성이 오를 땐
앞서 오르지만 조금 걷다가
고개 돌려 내가 오는지
확인할 때 귀여움 만점이다
잡을 수 없는 새를 쫓아 숲 속에 들어
안 보일 때 이름 부르면
꼬리 흔들며 얼굴 보인다
걱정 말라는 뜻이리라
이룰 수 없는 꿈 찾아 이리저리 뛰다

하늘 쳐다보는 돈키호테 삶은 아닐까
삶은 서로를 의지하며 살아가는 것

흰 귀 세워 맑은 눈으로 무심히 볼 때
젖을 뗀 채로 만나 제 부모 기억이나 할까
무슨 인연으로 만나서
가족들 마음 한구석을 차지하고 있을까
이런 생각 하다 보면 마음이 짠하다
나를 쳐다보는 은혜의 눈
이슬보다도 수정보다 맑다

* 강아지 이름.

몽골 말과 아이들

몽골 말은 중요한 이동수단이다
유목으로 가축을 몰 때
말은 주인 뜻에 따라 광야를 달린다

주인이 전통적인 주술적 노래를 부를 때
말은 뒷발 차며 꼬리 흔들며 화답한다
초원을 활보하는 그들은 한몸이다

몽골 혁명을 기념하는 나담축제
아이들 기마술 으뜸으로 꼽는다
서로 길들여진 말과 목동이 25킬로
대초원의 레이스를 밟고 돌아올 때
광장의 가족과 관광객 뿌연 먼지 둘러쓴 채
손뼉 치고 발 구르며 환호한다

아이들이 말을 부리는 것이 아니라
질주를 위해 배를 주린 준마가 아이를 등에 업고
흰 거품 입에 물고 달려오는 것이다

어쉬망항 나담축제에서
뿌연 사풍을 일으키며 돌진하는
징기스칸 후예의 늠름한 기상을 보았다

벌룬 투어

기암괴석 태초의 신비로 펼쳐있다
거대한 풍선 하늘에 띄우기 위해
산소통 불꽃 풍선을 부풀게 한다

팽팽한 풍선 하늘로 솟아오르자
열기구 바구니에 담긴 관광객
카파도키아* 광활한 계곡 마음에 찬다
장엄하여라 신비로워라
화산암 풍화로 우뚝 선 비경

하늘 올랐던 둥근 열기구
좌우상하를 비행하더니
대지로 내려와 발을 놓는다
산등선에 핀 이름 모를 꽃들
화려한 향기 코를 자극하지만
열기구 풍선 서서히 바람 빠지니
볼품이 없다

어린 자식 젖을 물려

한 세상 물려준 어머니
풍만한 가슴도 세월 따라 졸더니
어느 날 소망하던 하늘나라 가셨다
올림포스 성지 너럭바위에서
모두를 내주고 떠나신
어머님 생전 모습이 자꾸만 떠올라

나는 누구의 무엇이었던가
눈물이 얼굴을 자꾸 훔친다

* 터키 중부 아나톨리아 중동부를 일컫는 고대 지명.

3 부

초원의 빛
— 몽골 어쉬망항에서

바람이 자유를 얻어 초원을 달린다
낙타의 등처럼 부드러운 곡선의 초원
바람에 할퀸 초목 강한 생명력으로
어린 양들 자라고 있다

풀과 물 찾아 떠가는 유목의 삶
양들은 뿔뿔이 흩어져 주린 배 채우고 있다
말 탄 목동 원 그리며 양떼를 모은다
양들이 나선형으로 무리 지어 돌아올 즈음
하루의 무사함을 감사하며 숙영지에 든다
양들의 행보가 나붓나붓 자연스럽다

저녁 매서운 추위 대지를 흔들 때
목동 두루마기 델을 끌며 게르에 든다
마유주와 수태차로 주린 배 달래고
가축 배설물인 아르겔
불꽃으로 피어나면
굽었던 허리도 조금씩 일어난다

별들도 잠에서 깨어나
하늘 떠다니며 낯선 그림 그린다

비비추

나들목 길섶

무더위 가뭄 끝
아장아장 걸어왔구나

대지를 향한 낮은 목소리
종알종알 속삭이는 축복의 소리

너를 에워싼 잎들이
파도로 전율하는 것을 보니
바다를 건너 왔나 보다

녹색 짧은 치마폭
피어나는 보랏빛 사랑이여

내 마음속 깊은 곳에서
비비추 비비추 기쁨으로
속삭여주네

삼박자 리듬

먹자 골목길 끝에서
종이 박스 수레에 담는 여인
이순 중턱쯤 넘었겠다

언제 중풍이 왔는지
한쪽 손 오그라들고
엇박자로 걸어가는 발
수레를 끌 때
덜커덩 뒤뚱거린다

상점 밖 내놓은 종이 박스
한 손으로 수레에 싣고
삼박자 희망 노래 부르며
행복 고물상 집으로 간다

당나귀 울음

농장에 당나귀 한 쌍이 왔다
키는 작은데 귀는 쫑긋하게 커
귀티나고 몸집이 생소해
세인 관심 끌기에 충분했다

수나귀 싱싱한 청년 나귀였고
암나귀 세끼 처녀다
나귀 성희롱으로 새끼당나귀
목덜미 살점 떨어지기도 했다

수나귀 괴롭힘 대항하여
뒷발 걷어차며 자신을 보호했지만
오기 발동한 수나귀 여물도 먹지 못하게 하며
끈질기게 집적거렸다 결국 암나귀 주검으로
농장에 널브러지는 애통한 일 벌어졌다

농장에 홀로 남은 나귀는 동네 떠나가도록 울었다
주민들 민원으로 다시 외딴 적소로 유배 가야만 했다
함박눈 지천으로 날리는데 훌쩍훌쩍 홀로 울고 있다
나귀는 무엇이 서러워 울고 있을까

동물일지

우수 경칩 지나 투명한 햇볕 속
어미닭 달걀 열댓 개 온몸으로 품었네
식음 전폐한 부활의 꿈
몸으로 달군 애틋한 사랑이었네

먹구름 몰려다니는 어느 날
어미닭 울타리 쪽으로 쫓겨나
발 구르고 목울대 올려 소리치네
달려가 보니 둥지를 침범한 누룩뱀
옆구리가 구형으로 불거져 나왔네
인근 사람들 못 볼 것 봤다는 듯
혀 삐쭉거리며 손가락질하네
뱃속에서 달걀이 삭아지기 전
몸을 구를 수 없다고 하네

법정에서 판사가 죗값 물을 때
모르쇠 입을 봉한 휠체어 탄, 재벌
고개 숙여 눈을 아래로 깔았네

누룩뱀 죄 없다는 듯 고개 들어 구경꾼 응시하네
농장주 포획하여 변두리 쪽으로 가네

꽃들이 슬픈 꽃망울 터트리는 봄날에

하이델베르크 철학자의 길

녹색 융단 숲 뒤로
주황색 옛 성이 탄탄하게 서 있다

철학자의 길이라는 오솔길
이마에 주름 잡힌
괴테 흉상이 눈을 잡는다

나도 철인 되어 숲을 거닐다
젊은 베르테르를 생각하며
텅 빈 벤치 홀로 앉아
누군가 기다린다

베르테르씨 베르테르씨
슬픔에 젖은 베르테르를
부르는 로테의 음성
오늘 풀벌레 소리로 몰려와
내 귀 가까이 애잔하게 맴돌고 있다

콜로라도강

아득하고 도도히 흐르는 생명의 젖줄
깊은 골짜기 만들며 달려가네
천만 얼굴의 그랜드캐니언 장엄한 대협곡
몇백만 년 강물과 바람이 어루만진 얼굴이네

하늘에서 본 실핏줄 같은 강줄기 따라
종종종 여러 무더기로 이어지는 나무의 흔들림
협곡에 살고 있는 동물들 실룩거리는 숨소리 앞에
말 한마디 할 수 없어 작아진 나는
바다에 좁쌀 한 알* 같은 보잘것없는 존재

주야로 달리는 콜로라도 강물
이 밤도 달을 안고 은빛 물결 뒤척이며
유유히 어디론가 흐르네

* 소동파 적벽부 묘창해지일속에서 따온 말.

자주달개비

아침 해 밝아오면
이슬 머금고 눈을 떠
그대를 생각합니다

황금촛대 여섯 개 밝힌
내 가슴은
벌겋게 타오르는 등불

언제 오시렵니까

소쩍새 길게 울어
그리움 쌓이는
인적 드문 길섶에 서서

진주목걸이 주렁주렁 매달고
당신을 기다립니다

우단동자

고즈넉한 산사에 핀 털보숭이 동자야
꽃으로 피어 슬프구나

노스님은 너 혼자 남겨두고
겨울 준비하러 마을로 내려갔지
동네를 돌며 시주를 마쳤는데
눈보라가 온 산길을 덮었지
스님은 허리를 졸라 암자에 왔건만
넌 추위와 굶주림으로 세상 떠났지

노스님이 널 묻은 양지 자락에서
털옷 차림 우아한 동자가 피어났지

내소사 월명암, 내장사 원적암에도
모닥모닥 무리 지어 피었네
화려하여 슬픈 우단동자, 그 꽃

아득한 선율

세모歲暮에 요양원 기타 위문 공연 갔다
그곳 예술관에서 만난 어르신 얼굴
검은 하늘의 별처럼 멀리 떠 있다
뭇별들은 반짝반짝 빛이 나지만
어느 별은 희미한 형태만 있을 뿐
희미하고 가냘프고 가물가물하다
연주는 '반달' '오빠생각' '소양강 처녀'
'찔레꽃' '고향무정' 등으로 이어갔다
그들은 박수를 치기도 하고 사회자와
춤을 추기도 한다 한 분은 로댕의
생각하는 사람처럼 일그러진 얼굴로
"기타의 여린 선율이 어떻게
하늘의 별에 닿을 수 있냐"고 묻는 듯하다
순간 연주를 끝내고 나는 울컥했다
회백색 왜소한 할머니 한 분
하늘로 가신 어머님 얼굴이다 어머님은
'애비야 이마에 지렁이 좀 지우고 살아라'며
작은 미소로 웃음을 주시곤 하셨다
위로를 주기보다는 되받은 위문공연

나의 미래를 보는 슬픈 날은 아닐까
별들에게 보낸 삶의 선율 한 타래
안개처럼 아득하고 그윽하기만 하다

윤 화백이 웃던 날

내아마을 초입 백당 화실
불길 치솟아 서까래가 내려앉았다*
홀로 살며 그림으로 말했던
칠순의 백발 윤 화백
불길에 취해 환하게 웃고 있다

전시 앞둔 작품 앞에 서서
"자신의 작품에 만족하는 화가는 미래가 없다"며
방점을 찍지 못하고 붓을 떨었다

그가 웃음으로 말하는 것은
화폭에 채워지지 않은 목마른 갈증이
눈물 속 웃음으로 배어나지는 않았을까
화백은 재가 되지 못한
낙관을 주워 재기를 기약했다

소방차 옆에 몰려든 동네 사람들
그가 그린 천년학 벽화를 보며
물 한 모금 먹고 하늘을 올려보던 학이

화백을 닮았다고 입을 모았다

진흙 속 연꽃 피어나듯
앗아간 잿더미 뿌연 연기 속
화백의 붉은 얼굴 꽃으로 피었다

* 화목 보이라에서 옮겨붙은 불.

새벽시장

어둠이 풀리지 않는 여명
싸전다리와 매곡교 사이
새벽 시간에 잠깐 장이 선다
도깨비시장이란다

생산자와 소비자가 만나
서로 밀고 당기며 흥정이 되는데
"농사지은 거라 그냥 밑지고 파는 거여
씨앗 한 되박이 얼만디 씨앗 값도 안 나와"
"다른 디서도 이렇게 샀는데 무슨 소리여"
하면서 재미있게 사고판다
없는 것 빼고는 모두가 있다
커피 한 잔 오백 원, 밥 한 상 사천 원
참 여유가 있는 별천지다

서로가 서로에게 인정을 나누는 자리
점포 없는 도깨비 장사
모두가 웃고 웃기는 장터
생선이 팔딱팔딱 뛰는 기분 좋은 생동감

초반에 다 판 상인은 일찍 파장했으나
물건을 가지고 있는 분 아직도 많다
반짝 몰렸던 사람들 헤어지는 시간
땀 절인 시장 한구석을
햇볕이 웃으며 어루만져준다

모두 흩어진 빈 공간
새벽시장은 해가 뜨면 정적靜寂만 흐른다

황산벌의 어둠

신라 오만여 병력에
백제 오천 결사대의 황산벌전투
중과부적의 뻔한 전투다
계백을 부른 의자왕
거역할 수 없는 천명에
온몸 사시나무로 떤다

처자식 노예 치욕을 보느니
내 손으로 목숨 거둬야지
계백은 칼에 피를 묻히고
흙먼지 날리며 황산벌 내달린다
밀고 밀리는 처절한 교전
주검이 피비린내 산을 이룬다

낙마하며 숨을 거둘 때
계백의 눈앞에 처자식 몸부림 아른거린다
"이 미친놈아 왜 가족을 쥐기여
수신제가치국평천하 몰라
니가 씨만 뿌려 났제 한 일이 뭐여

죽일라면 나만 죽여라 이놈아"
앙칼지게 대드는 어머니 치마폭에
숨은 자식들
아부지 아부지이 흐느껴 운다

백제의 운명이 황산벌을 뒤로하고
어둠 속에서 침몰하고 있다

하이반 고갯길

다낭에서 후에 사이 해발 천백여 고갯길
바다와 구름이 조화롭게 빚은 풍광
세계 10대 비경 중 하나다

고개 오르는 꾸불꾸불한 길
꾸깃꾸깃 많은 사연 지녔다

하이반 고갯마루는 베트남 전투에서
하루 17번 주인이 바뀌던 피의 요새다
그 망루 숭숭 뚫린 총알 자국
검은 피 튀긴 기억이 스며있다

그곳 모서리 자리 잡은 간이 휴게소
양식 진주로 만든 기념품 판매장 아낙을
친절하게 차를 대접해 주며 여러 상품을 권한다
우리 일행은 가격대가 맞은 진주 상품
선물로 사고는 그곳을 떠났다

상품을 파는 한국어 능통한 아낙

라이따이안이라고 가이드가 말한다
전쟁이 낳은 혼혈아 적군의 자식이라며
베트남에서 버림받고 한국인도 외면한다
하이반 꾸불꾸불한 고갯길 내려오는데

아름다운 전망대 해무海霧 비경秘境 뒤
꾸역꾸역 되새김하듯
고갯길 아픈 사연 자꾸만 따라온다

* 베트남 전쟁에 참전했던 한국인과 베트남인 사이에서 태어난 혼혈아.

포장마차 박 영감

대천 바다 앞 포장마차
커피 소주 멍게 해삼 팔며
취기 얼큰한 박 영감
아내를 기다린다

해녀로 늙은 아내가
망태기 무겁게 해물 떠메고 오면
허기져 표정 없는 사람들
눈 휘둥그레 달려든다

키득거리며 술잔 오가고
후끈했던 포장마차 열기 식어
멀리 저녁놀 그림자 들면
파도소리도 잠잠해진다

포장마차 박 영감
지폐 몇 장 전대에 쑤셔 넣는다

영감 수레 끌면서 비척거리고

침묵으로 마차 미는 늙은 아내
지아비 한쪽 다리 되어
언덕 너머 좁은 모퉁이 돌고 돌아
어둠 속으로 사라진다

봉선화

아리따운 아가씨야
반갑고 고맙구나

후미진 골목에서
얼굴 붉히며
누군가 기다리는
넌
정열의 여인

이글거리는 태양을 삼켜
설레는 불덩이 가슴 안은
봉황의 고고한 자태

그대 가질 수 없어
멀리서 바라보는
나의 얼굴도 붉어오네

4부

상사화

그대를 기다리는
보고픈 마음 감출 수 없어
그리움만 쌓이네

긴 목을 빼어
기다리는 길섶
얼굴만 붉어지네
내가 가면
그대는 지름길로 떠나

언제나 애처로운 심사인데
저 산 꾀꼬리 울음소리
멍든 가슴 쪼고 있네

꿈타래교실 아이들

꿈이 실타래같이 곱게 쌓여있어
그 실타래를 풀어 내리면
일곱 색깔 무지개 꿈 하늘에 걸릴까요

교실 발로 차고
아무 데나 침을 뱉고
럭비공처럼 튀어 오르는

아직도 가슴의 상처가 돋아
활화산같이 쉬지 않은 아이들

그들도 하늘을 날고 싶은
자유의 꿈이 있습니다

꼬리 흔들며 날아야 할 가오리연
전봇대에 꼬여 날지 못하고
꼬리만 흔들고 있네요

꼬인 매듭의 연실을 풀어 줄
그 사람은 누구일까요

카를교에서 까르르 웃다

불타바강을 가로지르는 카를교*
오백 살 된 늙은 몸뚱이
거리악사 구걸인 관광객 넘쳐나
긴 밤 뒤척인다

이슬람 악사가 현악기 연주하는 그 옆
바닥에 이마 붙인 봉두난발
두 손 머리에 얹어 구걸한다
꼬리가 날렵한 중견 황구 한 마리
주인 곁에 턱을 괴고 엎드려
눈 깜빡이며 관광객 동정을 살핀다

사람들은 구걸인 보다는
부양가족 황구의 읊조림으로
바구니에 동전 한두 닢 넣는다

붉은 노을빛으로 불타는
불타바강 카를교 지나며
까르르 까르르 웃음이 절로 나왔다

* 체코에서 처음 만들어진 석조 다리.

춘분

백매화 송이송이 맺힌 밤
불면으로 뒤척이다
일어나 보니 싸락눈 스륵스륵 내리네

여린 매화 그 눈 맞아
개화의 진통을 견디고 있네
꽃샘바람은 쉼 없이 불어오는데
그렁그렁 눈물이 만든
그 고통 다 받아서
맑은 향 만드는 것일까

앞산 하얀 눈발
눈앞에 차다

카네이션

붉은 카네이션 꽃
해마다 어버이날
넘쳐나네

붉은 꽃도 아득하면
목화같이 희게 될까

부모님 여의고 그리움으로 피어난
하얀 소복의 꽃, 흰 카네이션
가슴 쥐어짜며 눈물 먹고 피는 꽃

오월 장미

오월 장미는
피를 먹고 피로써 피어난다

그 날
민주주의를 외치던 젊은이들은
장갑차 포신의 매운 연기에 맞서
군홧발에 채이고 몽둥이에 맞아
파르르 떨며 스러졌다

아직 피지도 못한 그들은
금남로에서 충장로에서 다시 도청으로
붉디붉은 피를 흘렸다
끈적거리던 핏덩이들이여
빛고을 영령들이여
꽃술 무던 가시가 애처롭구나

그 누가
장미를 아름답다고 하는가
오월 장미는
피를 먹고 피로써 피어난다

본향으로 가는 여정

바람같이 강물처럼 흔적이 없다
하늘에서 속세에 내려왔을까
기쁘게 땅 일궈 자식 키우곤 했던
그 정
봄볕처럼 따뜻하다

마른 땅에서 무얼 찾으려 했을까
호미로 거친 땅을 찍어 농사짓던
그래서 자식을 성가 시켰던 그 열정
구순까지 이어졌다

퇴색된 양로원 회장 직함은 무얼 말할까
먹을 만한 음식 있으면 노인들 모셔와
이웃과 나누기를 즐겼다
임방울 명창 좋아했던 탓에
풍류를 즐겼고 술 한 잔은 그의 친구였지
판소리 한 대목을 할 때는
세월의 마디마디가 거친 통성으로 묻어났지
자전거에 삽 한 자루를 끼고 돌았던
구부러진 동네 한 바퀴 그 길

그의 인생길 아니었을까

리어카에 술병 가득 실어 슈퍼로 내갈 때
남이 볼까 부끄럽다며 계면쩍어했다지
봄여름 가을을 건너선 겨울 끝자락
스스로 자신의 운명을 예견했을까
응급실에서도 아내 생일을 기억하여
문병실 키위를 엄마 주라고 해서
간호했던 자식들 눈물 훔쳤다지
가는 세월도 짙은 그늘 선물해 주었던
느티나무 넘어뜨리기 그리 힘들었을까
영하 깊은 추위와 강풍 불어 왔을 때
그는 맨발로 예견된 먼 길 떠났다

하늘의 영혼과 흙의 육신이 만나
속세에 살다 본향으로 가는 것이리라
하관을 끝낸 그 묘지에 햇살 감돌아
영정사진
잘 살았다는 듯 웃음꽃 피었다

맥문동

솔숲이나 동네 어귀
천한 잡풀로
이리저리 서로 기대여
추위도 이기고
이렇게 몰려 살았구나

시퍼런 얼굴의 구루터기
염천 더위 속
보랏빛 꽃대 세울 때
벌과 나비가 몰려왔지

외딴집 팔랑재 과부댁
정신 혼미하고 기침이 쇠어
콜록콜록 숨 막힐 때
온몸을 던져 구해주었지

길가 풀이라고 천하게 여겼지만
서로 의지하고 어우러져
보랏빛 큰 사랑 이루고 있네

김장배추

새벽에 전화가 왔다
"추운데 빨리 배추 가져가야지"

구순의 아버지
농사지어
자식들 김장을 돕는다

다소곳이 앉아있던 어린 생명들
제법 속이 차서
김장 날 기다린다

서리 맞은 누런 배추 잎
바람이 나들던 뻥 뚫린 구멍들

자식 앞세우며
통곡하던 가슴 저리했을까
마른 기침 소리에 구름 흩어지고
짧은 하루가 저물어간다

덕혜옹주

커튼 열자
까마귀가 울고 있었다
날 수 없는 새가 된 그녀

고국에도 푸른 달 떴을까
가슴 시리던 이불 속
왜놈의 욕정이 진저리난다
더러운 피가
흐른다고 생각했을 때
온몸이 파르르 떨렸다

먼 길을 돌아온 창덕궁 낙선재
온몸에 붉은 멍이 피어나고 있었다
악몽에서 깨어나면
하늘의 별은 송글송글
아, 그녀는 무슨 심사로
아득한 뭇별을 세는 걸까

대마도 덕혜옹주결혼봉축비 부근

빨갛게 피어난 동백꽃
언 땅 핏빛으로 선연하다

길손식당

프랑크푸르트 공항 근처
길손식당이란 한식당 있다
광부와 간호사로 만난 부부
반갑게 맞는 눈가에 잔주름이 핀다

식당 벽면 난초와 매화 그림
고향인양 낯설지 않다
울릉도에서 서식하는 명이나물도
그들 부부가 직접 재배했다고 한다
나물은 저마다 독특한 고향 맛이 난다

한쪽 벽에 고은 시인 글이 있다
'다 길손입니다'
정성으로 차려주는 나물 밥상
쪽빛 파도 머금은 비릿한 향이 난다

우리는 어디서 어디로 가는 길손일까
가슴 여미고 아쉬움 뒤로한 채
다시 길을 떠난다

사랑초

날이 새면 기쁨의 나래 저어
하늘 기슭까지 구름처럼 날지요
하루 열어주신 당신께
긴 나팔로 환희의 송가 부르지요

하루 일 힘겹게 마치면
지친 몸 추스르며 집에 돌아와
당신의 포근한 가슴에 나래 접고
자줏빛 사랑 꿈꾸지요

어둠이 몰려와 깜깜한 밤이면
달도 별도 하늘에 무지개를 그리며
긴 목 내려앉은 한 영혼 위해
은하 세계 고이 열어줍니다

아우슈비츠 수용소

"노동이 너희를 자유롭게 하리라"
수용소 대문에 붙은 글자 위로
진눈깨비 바람 타고 날린다

나치 수용소 살인공장
붉은 벽돌 건물 28동 진열대
머리카락 가죽 신발 안경 등
전시장에 산처럼 쌓였다

무고한 유대인들
생체실험을 당하면서
죽음의 지하 가스실에서
생을 마감했다

잔인함의 끝은 어디까지일까
지하 수용소 검은 벽면에 그려진 손톱자국
날카로운 선으로 이어진 글씨
무엇을 말하고 있을까

오금이 저려 닭살 돋는다
불립문자란 이런 걸 말하는 것일까

염쟁이의 독백

누대에 이어온 염쟁이
염하는 것을 보았다

시신을 씻고 또 씻고
천으로 싸매고 싸매고
묶고 또 묶어서
칠성판 위에 놓는다

먼저 간 사람을 염하고
부모를 염하더니
무슨 팔자로
이제는 아들까지 염한단 말이냐

신앙고백처럼 중얼거린다
애들은 금 밟아 죽고
어른은 광 팔다 죽는다
하루 열심히 살면
잘 때는 편안하지

죽는 걸 두려워 마시게
잘 사는 것이
더 어렵고 힘든 거라네

이승과 저승 넘나드는 염쟁이 위로
무대가 서서히 닫히고 있다

금오도 스케치

여수 백야 선착장 떠나
뱃길로 반 시간 가면
노송이 서 있는 직포가 반겨준다

하아 거기 황금 거북 유영하고 있어
그 등에 우린 올랐어라
처녀림으로 수줍은 비렁길
만과 곶이 어우러진 비경이어라

거북이 잘게 숨을 쉬어
흰 포말이 드러나는데
가까이 작은 짐승들도
서로 호응하고 있네

허리춤에 있는 작은 정자
탁주 한 곱빼기 차려있어
길 떠난 나그네 갈증을 식혀주네

삶이 힘겨워 터덕거릴 때

이곳 금오도로 달려와
순한 거북 등을 타고
신선이 되어도 좋겠네

발문

여기 사는 즐거움
— 전용직의 삶과 문학

전 정 구(문학평론가 · 전북대 명예교수)

1

설우挈牛 전용직全容稷은 다양한 취미 생활을 즐긴다. 기타와 태극권을 배우고 무도舞蹈에도 관심이 많다. 그럼에도 그의 본령은 "물 흐름 보고 득도했다"(「유수체—이삼만글씨」)는 이삼만의 필획에 심취했던 서예 작가이다.

여러 수상 기록을 보유할 만큼 서도書道에 정진해 온 전용직이 십여 년 전부터 시를 쓰고 그림—동양화 그리는 일에 몰두하기 시작했다. 지인知人들 사이에서 알려졌듯이, 그는 시서화詩書畵 삼절三絶의 삶을 동경한다.

꿈꾸는 자만이 운명의 신의 인도引導를 받을 자격이 있다. 그 사람만이 오늘이 즐겁고 내일이 희망차다. 『마음으로 붓을 세우다』(2010)의 첫 시집이 그 신호탄이 되었고 이번에 출간하는 『산수화』(2018)가 '그의 꿈을 현실에

다가서게 하는 동력'으로 작용하고 있다.

두 번째 시집에서 설우는 자연과 교감하며 예술 세계를 가꾸고 생활의 리듬을 가다듬는다. 여행을 통해 자기를 되돌아보고, 인간 사회의 세태를 관찰하면서 생의 의미를 되새기며 노년의 인생을 어떻게 펼쳐 나갈까 고심한다.

이번 시집이 보여주듯이, 소재-사물을 관찰하여 인생살이의 어떤 중요한 측면과 연관 지어 성찰하고 그것을 일상의 언어로 쉽게 풀어내는 데 전용직 시작품의 묘미가 있다. 난삽하고 어려운 어구나 교묘하고 난해한 비유를 비켜 가면서 있는 그대로의 사물-자연의 모습이나 자기가 경험한 일상생활을 단순하고 소박하게 그는 서술해 나간다.

시적 구도의 깊이나 눈에 띄는 수사적 기교를 찾기가 쉽지 않은 그의 시편이 지닌 매력이 여기에 있다. 풀어진 듯하면서도 어떤 대목에서는 시적 긴장감을 부여하는 허허실실虛虛實實의 그것처럼, 그의 작품들은 빈 듯하면서도 그 속에 알찬 메시지를 담아낸다. 이것이 첫 시집과 다른 이번 시집이 지닌 특색의 한 측면이다.

2

『산수화』에는 설우의 생활 세계를 반영한 작품들이 주를 이루고 있다. 그는 "관이부종寬而不從 엄이불가嚴而不苛"(정약용, 「찰방」)의 삶을 시작품을 통해 우리에게 보여 준

다. 너그럽되 느슨하지 않고 엄격하되 가혹하지 않은 온
후한 심덕心德의 품성이 그의 작품 여러 곳에 나타나 있
다. 간접 경험의 사례들이 없지는 않지만, 대부분 그가
직접 겪은 삶의 실상이 시편들에 그대로 반영되어 있다.

　유럽을 돌아본 느낌(「하이델베르크 철학자의 길」), 일상
의 사물들에 대한 감회(「수레」), LA에 사는 고교 동창과
의 만남과 그리움(「친구」), 화초나 동물의 생태(「동물일지」
와 「맥문동」), 부모를 비롯한 친족에 대한 추억(「히야신스」
와 「본향으로 가는 여정」), 직장과 사회에서 부딪힌 사람들
과의 인간관계(「돌부처」) 등 다양한 생활 체험이 이번 시
집에 담담하게 표현되어 있다.

　　　거리에서 만났던 사람들
　　　직장에서 만났던 사람들
　　　가슴 아픈 사연으로 등을 돌린

　　　서로에게 상처를 주고받아
　　　바다의 몽돌로 굴러다니는
　　　마음 빗장을 닫은 사람들

　　　　　　　　　　　　　　　―「돌부처」 부분

　하루를 보내고 집으로 돌아오는 길에 "내 마음에 떠오
르는 그 사람들"은 가슴 아픈 사연으로 등을 돌리거나
서로가 상처를 주고받아서 마음의 문을 열기 어려운 사

람들이다. 직장 생활과 사회생활에서 만난 그들은 스치기만 해도 소름이 돋을 정도로 끔찍한 인간들이었다. 나를 괴롭혔고 '발에 부딪히는 돌덩이'처럼 생각되었던 그 인간들이 지나고 보면 "두 손 모아 절하고"(「돌부처」) 싶을 만큼 고마운 사람들이었다. 그들은 돌덩이가 아니라 '나를 단련시켜 준' 부처였다.

내가 꺼려했던 사람들이 나의 삶의 동반자였고 내 삶에 활력을 불어넣은 존재였음을 시인은 나이가 들어감에 따라 저절로 알게 된다. 배척하고 비난했던 사람들이 부처처럼 보이는 삶의 아이러니와 인간관계의 패러독스를 비춰 주는 거울이 문학이다. '찬란한 슬픔'(김영랑, 「모란이 피기까지는」)과 '슬픔과 기쁨이 섞여 피는'(노천명, 「남사당」) 인생살이의 묘미가 여기에 있다.

하나의 돌덩이가 숭배의 대상인 부처로 바뀌듯이, 문학의 거울에 자기 모습을 비춰 보며 시인은 자기 수양의 인생살이를 터득해 간다. 지난 일들을 곰곰이 되돌아보며 마음을 바르게 세우고 삶의 자세를 건강하고 활기찬 방향으로 유도해 나가는 작업이 설우의 창작 활동이다.

혼자 살 수 없는 인간 공동체의 역설과 모순의 의미를 되새긴 「돌부처」에서 시인은 내가 싫어했던 사람들이 삶의 동지였고 내 삶에 활력을 불어넣은 존재였음을 깨닫는다. '모순이야말로 인간 실존의 진정한 요소'(카시러, 『인간이란 무엇인가?』)이다. 인간과 인간의 관계에서만 그런 것이 아니고 말 없는 사물도 인생사의 이러한 진리―

진실의 측면을 조명하는 시적 소재가 된다.

> 지리산 등정 길
> 등에 달라붙은 배낭
> 오르막길 숨 차오를 때
> 떨쳐버리고 싶었네
>
> 그때 무겁던 배낭
> 산비탈 벼랑길에서
> 엉덩방아 찧을 때
> 나를 받아주는 강보였네
>
> 애면글면 끌어온 수레
> 비틀거리는 나를 잡아주는
> 고마운 동반자
>
> 산 넘고 강을 건너
> 마을로 접어든 좁은 길섶
> 허리 굽어진 나를
> 그대가 끌고 가네
>
> —「수레」전문

　등산에서 필수적인 배낭도 오르막길에서 숨이 찰 때 등에 달라붙으면 벗어 던지고 싶은 귀찮은 존재-물건이다. 그러나 "미끄러워 엉덩방아 찧을 때/ 나를 받아주는 강보"가 그 물건–존재이다. "애면글면 끌어온" 수레–배낭이 "비틀거리는 나를 잡아주는" 고마운 동반자임을 그는 지리산 등반登攀을 통해 깨닫는다.

산행山行에서만 그런 것이 아니다. 인생을 살다 보면 귀찮은 존재들이 눈에 띈다. 인간과 인간 사이, 부부 사이, 부모와 자식 사이, 친척 사이, 친구 사이도 마찬가지다. 버리고 싶었던 배낭이 위험에 처했을 때 구원자가 되듯, 인생길을 가는 데도 귀찮은 그 존재가 나를 받아주는 강보이자 비틀거리는 나를 잡아 주는 삶의 동반자역할을 한다. 현재의 자기를 성찰하는 일이 인생사를 되돌아볼 때 빠트릴 수 없는 중요한 문제이다.

나는 하얀 고깔 쓰고
한 손에 합죽선 들고
외줄 타는 광대
줄은 내가 가는 삶의 여정이지
줄 타고 춤출 수 있도록
힘을 몰아주는 어릿광대
그대가 있어 줄을 탈 수 있는 거야
타다가 힘들고 지쳐
주저앉을 때
탄력을 받아
다시 나를 일으켜 세우는
긴 줄도 오랜 친구지
난 지금 어디까지 왔지

어릿광대와 악사들의 손놀림
관객들 긴장과 환호
졸망졸망 웃음꽃 절창인데

—「동행」 전문

이 작품의 후반부에서 "난 지금 어디까지 왔지"라고
시적 화자—시인은 자기 자신에게 묻는다. 이 작품에서
시인—화자는 그의 삶을 상징적으로 압축한 광대라는 인
물을 내세워 혼자 살아온 것 같지만, 그렇게 살 수 없는
것이 인간이라는 사실을 진술한다. 그것은 타다가 힘들
고 지쳐 주저앉을 때 탄력을 주는 줄이, 광대—화자의 인
생길에서 동행했던 친구였다는 사실이다.

힘을 북돋우는 어릿광대의 몸짓과 악사들의 손놀림이
있기에 광대는 긴장과 환호 속에서 관객들로부터 갈채
와 찬사를 받아 활력을 얻는다. 광대라는 예능인을 내세
워 설우는 '외부에 비친 나가 아니라 내부—내면의 나'를
깊이 응시하면서 현재의 자기를 되돌아본다. 인생의 주
체가 되어 보람 있는 내 삶의 행로行路를 찾기 위한 전제
조건이 자기 성찰이다.

3

자기 인생의 주역이 된다는 것은, 카시러의 말대로 '높
은 목표—목적을 향하여 나아갈 운명을 스스로 짊어진다
는 각오'를 필요로 한다. 이것이 인간과 동물을 구분하는

중요한 특징이다. 일신의 편안함과 생활의 풍부함을 떠나서 고귀한 삶의 목적을 향해 나아가는 인간의 모습이 아름다운 이유도 여기에 있다.

산길을 거닐다가 숲 속 작은 도서관에 들러 "문자향 깊은 맛에 젖어"(「숲 속 작은 도서관」) 예쁜 도서관을 마음에 모시는 일도 이러한 목적―목표와 통한다. 독일 여행 중 철학자의 길 위의 텅 빈 벤치에 홀로 앉아 철인哲人이 되고, 그 숲 속을 거닐다 "젊은 베르테르를 생각"(「하이델베르크 철학자의 길」)하는 것도 마찬가지다.

> 슬픔에 젖은 베르테르를 부르는 로테의 음성
> 오늘 풀벌레 소리로 몰려와
> 내 귀 가까이 애잔하게 맴돌고 있다
> ―「하이델베르크 철학자의 길」 부분

애잔하게 맴도는 '로테의 음성' 속에서 화자―시인은 젊은 베르테르의 고뇌를 떠올린다. 사랑하는 사람에게 자신의 모든 것을 던지는 고통스런 베르테르의 모습이, 인생의 높은 목적―목표를 지향하고자 하는 시인―화자의 분신처럼 느껴진 것일지도 모른다. 화자는 낯선 여행지에서 '풀벌레 소리'와 더불어 '애잔하게 내 귀에 맴도는' 환청―음성 속에서 자신의 삶의 자세를 돌아보고 있는 것이다.

사람은 자기가 노니는 개인의 생활공간을 세계―우주

의 중심인 것처럼 착각하는 경향이 있다. 나라의 경계를 벗어나는 외국 여행은 이러한 편협한 사고로부터 우리를 해방시킨다. 아메리카를 돌아보면서 설우는 "바다에 좁쌀 한 알 같은 보잘것없는 존재"(「콜로라도강」)로서의 나를 성찰하고 대자연의 위용威容/偉容 앞에서 존재의 왜소함을 느낀다. 자기 존재의 참모습을 자연－콜로라도 강과 대비하여 보잘것없음을 자각하는 겸허함 속에서 한 인간의 정신적 성장의 길이 열리는 것이다.

나를 한없이 작게 만드는 스승이 어찌 자연뿐이랴. 시인 전용직의 삶과 예술－문학에 정신적 깊이를 더해 주는 스승들이 『산수화』의 곳곳에 포진해 있다. 이 시집에 등장하는 인간－예술가 스승들이 시인 윤동주와 신석정, 화가 장승업과 윤명호, 서예가 이삼만이다. 창암蒼巖 이삼만李三晩은 유수체－창암체로 불리는 자신만의 필법을 창안한 19세기－조선 후기 3대 명필로 이름난 서예가이다.

가난이 스승이다
무명베에 글씨 쓰고 검어지면
물에 씻어 거듭 썼다
병중病中에도 하루 천자 썼으니
붓이 그 몸 한시도 떠나지 않았으리라
벼루와 붓 씻은 물이 호수를 검게 물들였으니
물고기도 수묵색 옷을 입었으리라

물 흐름 보고 득도했다는 필획
붓毫이 무명베를 코끼리 발걸음으로
뭉그러지는 마찰음
폭포수 함성의 무거운 획은 아니었을까
일그러진 붓 세워 이어가는 행필行筆
피라미 흰 배 뒤집으며 물살 가를 때
실같이 이어지는 연한 획은 아니었을까

물이 낮은 곳으로 흐르기 위해
아득한 절벽 끝에서 뛰어내려
흰 물거품으로 산산이 조각날 때
천둥 치듯 전율하는 큰 깨달음 사자후

흩어진 물방울 다시 손잡고
하나 되어 용틀임으로 꿈틀거리며
낯선 골짜기 찾아 쉼 없이 달려
협곡 떠나 망망대해
안고 휘어가는 천의무봉 붓 길
　　　　　　　　—「유수체—이삼만 글씨」 전문

　시인-예술가의 직관에 의해 묘사된 작품세계-예술세
계는, 물질적으로 조합되고 구성된 실제 세계와 다르다.
이삼만의 붓놀림 장면-형상의 상상-허구 세계를 예술
가-시인이 '제멋대로 아무렇게나 만들어 내는 것'이 아니라는 사실이 중요하다. 「유수체—이삼만 글씨」 덕택으로 창암의 붓글씨 쓰는 순간의 모습-장면이 지속적이고 영구적인 풍경으로 시작품 속에서 탄생하는 것이다. 이로 인해 우리는 "안고 휘어가는 천의무봉 붓길"이라는 또 하나의 새로운 풍경을 보고 느끼면서 서예의 진경珍景/眞境을 경험하게 된다.

> 한 사나이 기생집 들러
> 치마폭에 그림 그리고
> 술 취해 갈지자 생을 엮어간다
>
> 광기를 지닌 천재적인 그림쟁이 장승업
> 연꽃 우산 받는 해오라기 한 마리
> 그림에 화제를 쓰지 못해 제자들이 써주었더니
> 그림에 향기가 없다고 사람들 손가락질했다지
>
> 훗날 개오開悟하여 당시 삼백 편 외우고 썼다지
> 시서화 삼절로 우뚝 선 장승업
> 조선의 사대四大 화가였다지
>
> 한마디로 '생각에 삿됨이 없다'*는데
> 얼마나 쓰고 읽고 그려야 향기가 날까
>   ―「문자향 서권기」 전문

천재 화가 장승업이라고 해도 예술가라는 이름에 취하

여 '갈지자 생을 엮어' 가며 서권기와 문자향을 내뿜는 경지에 이를 수는 없다. '개오하여 당시 삼백 편을 외우는' 분골쇄신의 노력과 자기 작품에 도취하지 않는 불굴의 의지를 불태우며 미래로 전진하는 자세가 필요하다.

전시를 앞둔 작품 앞에 서서 화룡점정畵龍點睛의 그 순간에 멈칫멈칫 주저하며 "자신의 작품에 만족하는 화가는 미래가 없다"(「윤화백이 웃던 날」)던 설우의 그림 선생 백당白堂 윤명호尹明鎬의 그 정신과 예술적 결기가 뒷받침되어야 대가의 반열에 오를 수 있다. 윤명호와 장승업과 이삼만 등 많은 스승들의 예술적 자취-모습이 전용직의 시작품 속에 각인되어 있다. 석정도 그중의 한 사람이다.

인생을 건실히 살아야겠다는 결의로 편석촌 김기림의 만류에도 불구하고 석정은 식민지 서울의 화려한 생활을 접고 '부안 청구원靑丘園의 삶'(「나의 문학적 자서전」)을 택했다. '시골로 돌아가 가난과 싸우면서라도 인생을 건실히 살아야겠다는 결의'(「못다 부른 목가牧歌」)를 석정은 그대로 실천에 옮겼다. '큰 키에 우뚝 솟은 코와 매력적인 저음의 쉰 목소리'로 시를 가르치던 신석정 시인이 설우의 고교 시절 스승이다.

큰 키 우뚝 솟은 코
매력적인 저음의 쉰 목소리
학 같은 고고한 풍채

일제 강점기 창씨개명을 거부하던
애국 선비의 곧은 대바람 소리가 교실에서 울렸다

문예부에서 문학의 꿈 키워주고
친필 붓글씨, 서울 시화전
많은 작품이 팔렸다
제자들 장학금으로 그 돈을 기탁하여
어려운 제자들을 도왔다
마음속 어린 양을 길렀다

나무와 화초花草를 사랑하며
유토피아를 꿈꾸는 지성으로
산이 좋아 산에 올라 먼바다를 보며
바닷속 출렁이는 별들의 속삭임을 들려주었다

그때는 몰랐다
살아 숨 쉬는 큰 산을
교실에서 뵐 수 있음이 얼마나 큰 행운이었던가를⋯⋯
　　　　　　　—「살아 숨 쉬는 큰 산—석정 선생님」 부분

　석정은 맑은 정신과 바른 자세로 책상에 앉아 정직하
게 있는 그대로의 생활을 원고지에 옮겼다. 건강한 방향
으로 삶을 인도해 주는 정신의 힘이 탄생시킨 예술품-
작품이 석정의 시편들이다. 문학에 종사한다는 것은 '인

생을 충실하게 살자는 데 의의'가 있다고 석정은 누누이 강조했다. "부조리한 현실에 대한 성실한 저항이 시인에게 요구되며, 자위의 독방에 칩거하면서 고독과 절망과 허무를 배설하는 것"(「젊은 시인에게 보내는 편지」)이 문학적 삶의 태도여서는 안 된다.

4

설우가 첫 시집에 이어 '그대 가슴에 출렁이는 종이배'(「시인의 말」)를 다시 띄우며 그 종이배에 담은, 건강한 삶을 지향하는 메시지가 희망이다. 이것은 석정의 문학관과 인생관의 영향일 것이다. 문학이 높은 수준의 미적 쾌락을 충족시키는 것에 등한시해서는 안 된다. 그러나 인간의 가치를 고양시키는 도덕적-윤리적 요구를 무시하는 것도 옳지 않다. 이것이 스승 신석정의 예술관-문학관의 요체이다. 시인이 된다는 것은 삶-인생에 대한 건전성-건강성을 확보하고 윤리적-도덕적 요구에 충실히 부응하겠다는 자기 자신과의 약속과 다르지 않다.

자연과 더불어 유유자적하는 삶을 즐기며 석정은 속세의 부귀를 탐하지 않는 건강한-건전한 생활 철학을 실천했다. 아지랑이 속 "青梅에/ 멧새 오가듯"(「好鳥一聲」) 석정은 "梧桐에 비낀 달"을 보며 "풀벌레 사운대는/ 밤"(「秋夜長 古調」)의 고요를 사랑하며 속세의 명예를 멀리했다. 찌든 생활에서도 사방에 피어 있는 들꽃과 눈 맞추고 동백꽃 웃음소리에 화답하는 기쁨을 시인-석정은 맛

보았다. 설우 또한 그윽한 향이 손짓하는 '순백의 꽃 그
삶의 순간'을 사랑한다.

> 아파트 베란다 모서리
> 난蘭 화분 그윽한 향으로 손짓한다
> 추위를 견디는 기다림
> 꽃잎에 눈물 맺혔다
> 가냘프게 흐른 그 눈물
> 안타깝고 사랑스러워
> 두 손으로 받들어 거실에 모셨다
> 화무십일홍
> 꽃향 떨어질까 조심조심
>
> 한 굽이 삶을 견디는 날갯짓
> 그대와 나를 이어주는 향기
> 순백의 꽃 그 삶의 순간을 사랑한다
>
> ─「손짓」 부분

    화초花草의 생태를 관찰하여 인생살이의 그것과 풀꽃의
삶을 대비하면서 설우는 속세의 '한 굽이 생'을 견딘다.
그리하여 그는 자연에 순응하며 이웃과 더불어 사는 삶
의 자세를 가다듬는다. "추위를 견디는 기다림"이 만들
어 낸 난향蘭香─인내심을 우리 인간들이 되새겨 볼 필요
가 있다.
    순백의 꽃─경험의 대상을 그대로 모사하는 것이 아니

라 대상−꽃의 순간적이고 개별적인 자태를 직관적으로
포착하여 그것의 모습과 주변 정황의 분위기를 표현하
는 것이 문학−예술이다. 비예술가−일반인이 일상생활
에서 무심히 바라보는 통상적 감각보다 시인의 미적 직
관이 다채로운 감흥을 자아내는 이유가 여기에서 비롯
된다.

　예술가−시인은 주위에 있는 사물−자연의 '공통적이고
불변하는 성질'을 이해하는 것으로 만족해서는 안 된다.
카시러가 말했듯이, 미적 경험은 과학이 제공하는 것과
비교할 수 없을 만큼 풍부하고 다양한 상상의 풍경을 우
리에게 제공한다. 예술−문학에 등장하는 자연은 현실에
서 직접 경험할 수 없는, 다시 말하면 현실 그대로의 사
물−자연을 넘어선 충만한 상상력−가능성으로 직조織造−
가공架空해 낸 자연−사물이다.

　　바다에 비친 달 보고
　　무학대사가 득도했다는 간월암
　　바다에 떠 있는 연꽃

　　바다가 들려주는
　　독경 소리 무량한데
　　용맹정진했는지
　　팽나무 한 그루
　　곡선미 절창이네

동안거 끝낸 팽나무

　　천수만 떠가는 달 쳐다보는데

　　중생들 달은 안 보고 손가락만 본다네

―「간월암」 전문

　전용직 시에서 자연-나무는 인간적 현상을 대변한다. 자연의 인간화는 서정시의 발전을 견인하는 불가피한 메타포였다. 그것은 하나의 인격을 가지게 되는데 인생살이에 비추어 시인이 나무-자연을 관조하고 상상-가공하기 때문에 그렇다. 인간의 형상을 지닌 간월암의 팽나무는 달을 쳐다보는데 인간은 손가락만 본다는 역설에서 우리는 만물을 하나의 유기적 전체로서 이해하는 생태학적 상상력이 연출하는 드라마-인생살이의 실상을 보는-경험하는 착각에 빠진다.

　'문학-예술에 나타나는 초자연적-비과학적 신비-불가해성不可解性은 의미의 다의성多義性-애매성曖昧性'을 산출하는 보고寶庫이다. 여기에 문학-예술의 매력이 잠재해 있다. 시안詩眼은 사물-자연을 있는 그대로 바라보고 기록하는 관찰자의 눈을 의미하는 것이 아니다. 그것은 자연-사물의 여러 모습-형태에 역동적인 생명력을 부여하는 예술가-시인의 미적 감수성-직관적 감각을 뜻한다.

산속
물소리 종알거리고

난쟁이 소나무 친친 감아
똬리 틀었네

절벽 기댄 띠집
허기에 휘청거리고

까마귀 바람길
늘어진 계곡

백발노인 꼴망태
혼자서 가네

—「산수화」전문

  똬리 튼 소나무, 허기로 휘청거리는 절벽의 띠집, 늘
어진 계곡, 혼자 가는 노인의 꼴망태의 이 모든 '산수화
의 풍경' 속에서 '종알거리는 물소리'조차도 '고요와 적
막'을 강화强化하고 대변한다. "소쩍새 길게 울어/ 그리움
쌓이는/ 인적 드문 길섶에 서서// 진주목걸이 주렁주렁
매달고"(「자주달개비」) 기다리는 화자-자주달개비는 당
신-독자를 적막과 고요의 세계로 안내한다. 「자주달개
비」나 「산수화」처럼 껄끄럽고 불편한 읽기를 해소한 독
해讀解의 평이함도 이번 시집에 나타난 설우 전용직 문학

123

의 개성적 측면을 가시화한 점이다.

5

투병鬪病의 고통 속에서 눈물을 뚝뚝 흘리며 "삶을 정리"(「이별연습 1」)하려는 아내와 '빈 하늘에 걸린' 듯 다가오는 '어린 아들과 딸의 눈망울'을 바라보며 '이런 아픔이 왜 나에게만 있는가' 설우는 자탄했다. "허둥대며 살아온 내 젊음"이 아내에게 '얼마나 큰 상처'였는가를 생각하며 "진정 사랑해야 했던 것은/ 아내와의 순간의 호흡"(「이별연습 2」)이었음을 그는 첫 시집 『마음으로 붓을 세우다』 이후 가슴 깊이 새겼다.

일상생활에서 필연적으로 야기惹起되는 희로애락의 감정적 파고波高를 잠재우며 시인은 '순간의 호흡'을 사랑하는 법을 익혔다. 내 삶의 터전-여기에서 열심히 사는 그 생활을 이어 가기 위해 시인은 분투奮鬪했다. '외면-외부에 비친 나가 아니라 내면-내부에 자리 잡은 나-자아를 성찰하는 여행기적旅行記的' 성격이 이번 시집에 강화된 이유가 여기 있다.

하루를 열심히 살면 "잘 때는 편안하지// 죽는 걸 두려워 마시게"(「염쟁이의 독백」)라는 화자의 어법에 설우의 삶의 실상이 여실히 반영되어 있다. 생의 진리-진실의 아이러니와 역설이 지시하는 의미는, 하루를 잘 사는 것이 '죽음의 공포를 이기는 것보다 더 힘들고 어렵다'는 사실이다. 과거나 미래에 붙잡혀 있으면 현재를 즐겁게 보낼 수 없다.

　나이 먹을수록 인간은 흘러가 버린 어제-과거를 후회하고 오지 않은 내일-미래를 걱정한다. 아직 오지 않았거나 이미 흘러간 그 시간들에 매달려 지금 여기의 삶을 낭비하는 것은 현명한 인생살이가 아니다. 이 순간만이 내 삶이고 나에게 주어진 유일한 시간이다.

　『산수화』의 시편들에 순간의 호흡을 사랑하고 즐기려는 시인의 모습이 역력하다. 「십우도」의 소 그림과 관련이 있는 시인의 아호-설우에서 유추할 수 있듯이, 그는 생활-소에 끌려갔던 과거의 삶을 떨쳐 버렸다. 대신에 그는 소를 끌고 가는 현재-현실의 삶을 추구해 왔다.

　끌려가는 삶은 스스로 주체가 될 수 없다. 주인이 되어 자신의 인생을 끌고 감으로써 진정한 나의 나다운 인생이 실현된다. 그것이 지금-시간과 공간-여기에서 주어진 내 삶을 주체화하는 생활 태도이다. 첫 시집 이후 여덟 해를 보낸 삶의 이야기가 두 번째 시집의 화자-시인의 언어와 행동에 그대로 표출되어 있다.

　우리는 화자를 내세워 실생활의 모습을 보여 주는 시인 전용직의 변화된 인생살이를 『산수화』에서 확인할 수 있다. 인간의 삶을 똑같은 잣대로 잴 수는 없다. 복잡한 수레바퀴에 비유되는 인생살이의 핵심은 각자의 인생을 견인하는 내면의 보이지 않는 생의 바이탈리티-추진력을 스스로 발견하지 않으면 안 된다.

　시인의 회상-과거의 기억은 과거에 속하는 것이 아니

라 충만한 창조의 힘으로 여기의 현실로 호명된다. 시인의 영혼의 움직임인 그것들이 『산수화』에서 다양한 모습-형상으로 부조浮彫되어 있다. 예술-문학의 미적 형상은 사물-자연의 직접적인 속성이 아니며 인간 정신에 대한 관계를 내포한다. 인간 정신과 자연-사물과의 연관 속에서 진실된 삶의 의미를 추구해 나가는 설우 전용직의 시작품이 더욱 깊어지기를 바란다.